KB214528

낙타는 발자국을 남기지 않는다

낙타는 발자국을 남기지 않는다
김충규 시집

초판 인쇄 | 2009년 1월 25일
초판 발행 | 2009년 1월 30일

지은이 | 김충규
펴낸이 | 신현운
펴는곳 | 연인M&B
디자인 | 이희정
기 획 | 여인화
등 록 | 2000년 3월 7일 제2-3037호
주 소 | 143-874 서울특별시 광진구 자양동 680-25호(2층)
전 화 | (02)455-3987 팩스 | (02)3437-5975
홈주소 | www.yeoninmb.co.kr
이메일 | yeonin7@hanmail.net

값 7,000원

ISBN 978-89-6253-021-6 03810

낙타는 발자국을 남기지 않는다

김충규 시집

|自序|

새로 묶으려고 첫 시집을 들여다보니 마치 자궁같이 느껴진다.
다시 그 안에 웅크려 있다 보니 여러 감회가 일어선다.
시인이 되기 이전부터의 열망이 이 시집에 고스란히 녹아있다.
그 나날의 숨소리가 아직도 뜨겁게 들리는 듯하다.

2009년 1월
김충규

| 차례 |

1부

2부

3부

4부

1부

낙타

나의 집으로 낙타가 들어왔다 쉴 곳을 찾았다는 듯이 길게
숨을 토했다 맑은 눈에선 고행의 흔적을 엿볼 수 없지만 살
점 없이 앙상한 다리는 한없이 지쳐 보였다 낙타와 함께 지
내기엔 집이 너무 좁아 나는 낙타를 달가워하지 않았다 느
닷없이 낙타가 등을 낮췄다 나더러 올라타라는 것인지 푸르
르 몸을 털었다 나는 낙타의 등에 올라타지 않았다 나는 사
막을 지키는 전사가 아니므로 더구나 순례든 고행이든 사막
으로 떠날 계획이 없었으므로 낙타를 집 밖으로 몰아낼 생
각만 하고 있었다 내가 자신의 등에 올라타지 않자 낙타는
그만 풀썩 주저앉더니 지그시 눈을 감았다 내가 눈을 깜빡
이는 사이 낙타는 온데간데없이 사라졌다 눈앞에 무덤 하나
덩그러니 웅크리고 있었다

나는 언제나 고양이를 기다린다

고양이로 하여금 쓰레기 봉지를 찢도록 한 것은
생선 찌꺼기의 비린내였나
고양이 한 마리가 쓰레기 봉지를 찢고 있다
새끼들이 어딘가에서 떨며 기다리고 있는 것일까
고양이의 눈은 터널처럼 깊고 그 속엔
어둠이 고여 있다 그 어둠을 파내어
내 눈에 바르면 나도 저것처럼 쓰레기 봉지를 뒤지는
슬픈 아비가 될까
마흔이 내일 모레인데 자식들은 겁도 없이
가시로 내 생을 쿡쿡 찌르며 자란다
아내는 도망치듯 취직을 하고 폐결핵에 걸린 나는
한동안 붉은 객혈을 하다 아침마다 한 줌씩 알약을 먹으며
헉헉거린다 거울을 보면 내 눈빛은 차츰 흐릿해져 간다
손톱으로 거울을 찢고 거울 속의 나를 끄집어내어
눈을 후벼 파고 싶은 나날들
고양이는 쓰레기 봉지를 거침없이 찢어 놓고
사라졌다 쓰레기 봉지를 테이프로 봉합하며
너덜거리는 내 생은 무엇으로 봉합하나

나는 언제나 고양이를 기다린다

저수지

바닥 전체가 상처가 아니었다면 저수지는
저렇게 물을 흐리게 하여 스스로를 감추지는 않았을 것이다
저수지 앞에 서면 내 속의
저수지의 밑바닥이 욱신거린다
저수지를 향해 절대로 돌멩이를 던지지 않는다
돌멩이가 저수지 밑바닥으로 가라앉는 동안
내 속의 저수지가 파르르 전율하는 것이다
잔잔한 물결은 잠들어 있는 공포인 것이다
상처가 가벼운 것들만 물속에 가라앉지 않고
둥둥 떠다닐 수 있다 물속을 헤엄치는 물고기,
그들을 잡으면 안 된다
그들은 저수지의 상처가 키운 것,

저수지를 떠날 때
뒤를 돌아보면 안 된다
상처 가진 것에 대해 연민 혹은 동정을 가지면
몸을 던지고 싶은 법,
그런다고 내 속의 저수지가 환해지는 것이 아니다

꽃 냄새가 있는 밤

어디서 꽃이 피는가
치약 냄새보다 환한 꽃 냄새로
누웠던 밤이 벌떡 일어선다
제 울음소리에 놀란 고양이가
그림자를 버리고
이 지붕에서 저 지붕으로 넘어가고 있다
달빛을 넘기며
잠이 오지 않아 나는 옥상에서
세상을 굽어보고 있었다 우리 집에 없는 꽃이
우리 집으로 꽃 냄새를 퍼뜨리고 있다
꽃 냄새가
집으로 가는 통로를 가득 메우고 있다
내 속으로 들어와 주무세요, 하고
꽃의 손길이 다가와서 유혹하는 밤이다
때론 생을
무언가에 취하게 하고 싶다
그 기회에 생의 길을 바꾸어도 좋으리라

이 밤

꽃의 남편이 되어
꽃의 품속에서 하룻밤
푹 자고 싶다

강

방금 수면 위로 뛰어오른 물고기가 물고 간
달빛, 그러나 달빛은 물고기의 몸속에서 소화되지 않고
배설물과 함께 강 밑바닥에 쌓일 것이니
그렇게 쌓인 달빛들 수북할 것이니
비 오는 밤이거나 달뜨지 않는 밤이 와도
강은 제 속에 쌓인 달빛들로 환해지리
그 환함으로 물고기들 더듬지 않고도 길을 가리니
내 한 줌 강물을 마신다 내 몸속도 환해져서
캄캄함의 세월이 와도 더듬지 않을지니
신발을 벗어 놓고 정중히 강을 경배함이
어찌 사람의 할 일이 아니라 하겠는가

달

캄캄한 하늘, 달이 떴다.
바닥을 드러낸 우물 같은.
폐허가 그 속에 웅크리고 있다.
이루지 못할 꿈 너무 많아
나는 지상을 예찬하지 못한다.
폐허의 모진 발자국이
내 몸을 찍어 눌렀다.
내가 달을 보는 까닭은,
달의 폐허가 내 속의 폐허를 읽기 때문이다.

사랑하는 도시

무성한 빌딩의 숲 속을 헤매는 영혼들을 본다
도시의 폐부 깊숙이 뿌리를 내린 교회의 첨탑 불빛이 불러
들이는
밤길에서 꽥꽥 소리를 지르다 흐느끼는 영혼
검은 강물을 물끄러미 내려다보며 빨려 들려는 영혼
오오, 눈이 퉁퉁 부은 저 사람들
사방이 꽉 막혔다 헉헉대는 몇몇의 영혼이 탈출을 꿈꾸고
있다
이름을 지웠어, 이 소름 돋는 도시가 나를 깨끗이…
미친 듯 빌딩 숲을 헤매는 사람들
어둠 속에서 사람의 탈을 쓴 짐승에게 물린 한 젊은 여자
울먹이는 밤, 입맛을 다시는 짐승의 발톱 사이에
옷자락 달빛자락이 끼여 있다
날카로운 비명이 들린다 유유히 사라지는 짐승 뒤로
핏방울이 길 위에 흩어져 있다 순간 달빛도 붉다
벌거벗겨진 채 식은 여자의 하초 아래로 달빛이 뒹군다
아무 상처도 입지 않았다는 듯이 지그시 눈감은 도시는 건
강하다?
그 눈빛 속으로 갑자기 내린 눈발이 거칠게 파고든다

피부색을 바꾸는 도시는 한순간 눈 시리도록 아름답다

몇몇의 영혼이 깊숙한 발자국을 눌러 찍는다

저 눈발이 도시의 검은 살갗 죽죽 벗긴 후에 속살까지 벗긴다 해도

선명한 핏자국은 감추지 못하리

목련나무 그늘

꽃잎이 떨어질 때마다
신음소리가 새어 나온다

자전거가 지나가며 거울로 햇빛을 꺾어
목련나무 그늘 안으로 뿌린다
잠깐 그늘이 환해지고
신음소리를 내며 꽃잎들 툭툭
떨어진다 복면을 한 세계가
그늘 안으로 들어와 잠시 휴식을 취할 때
부르르 가지를 떠는 목련나무

흰 새가 포르르 날아간다
새가 앉았던 자리에 얼굴 지워진 벌레
꿈틀거린다 혼몽한 잠에 취한 세계의
복면을 벗기려고 차가운 바람 몰아친다
신음소리를 내지르며 꽃잎들은 떨어지고
잠 깬 세계가 복면을 벗어 던진다
세계의 얼굴은 처참하게 뭉개져 있다
흰 새가 포르르 날아와서
세계의 얼굴에 똥을 갈긴다

장대비가 쏟아졌다

장대비가 쏟아졌다 나무들과 함께 나는 후줄근히 젖었다 작살에 살점들이 뚝뚝 떨어져 나갔다 오래전에 떨어진 태양은 먹다 버린 사과처럼 더럽게 뒹굴고 있었다 내 생은 왜 항상 굴욕인가, 내 영혼은 자꾸 작살 같은 질문을 내 몸에게 퍼붓고 있었다 돌들이 일제히 딱딱한 옷을 벗고 맨몸으로 돌아다녔다 세상은 왜 항상 물음표 속에 갇혀 있는가, 내 주변에 선 나무들이 물음표로 구부러져 있었다 오래지 않아 둑이 무너져 먼 바다에 살고 있다는 흰 고래가 지상으로 올라온다면 나는 그놈의 등에 올라타고 지상을 떠나고 싶다 늘 어디로 떠나고 싶지만 떠나지 못함이 목마름이었다 장대비가 쏟아졌고, 그 사이 죽순은 쑥쑥 자랄 것이다 죽순, 그 연약한 짐승의 살갗을 만지고 싶어 한때 대숲에 머문 적도 있었다 대나무들은 다른 나무들과는 달리 물음표로 구부러지지 않았다 대나무들은 늘 느낌표로 꼿꼿하게 서 있었다 대나무, 그 앞에 서면 일종의 경건함을 느꼈다 속이 텅 비었으면서도 그렇게 꼿꼿하게 서 있기가 얼마나 불가해한 일인가 그러나 내 몸은 한 번도 느낌표처럼 꼿꼿하게 서지 못했다 나는 왜 항상 물음표로 서서 세상을 굽어보는가, 이런 나를

사선으로만 퍼붓는 장대비는 비웃고 있었다 비 오는 날마다
비를 맞고 서서 흰 고래를 기다리며 한 시절 느릿하게 보내
도 좋을 것 같으다 석 달 열흘 동안 쉼없이 비가 퍼부어서 뭍
과 바다의 경계가 지워져 버린다면 흰 고래 성큼 내 앞에 헤
엄쳐와 등을 낮추리라 아아, 부질없는 짓 다 집어치우고 죽
순처럼 단순하게 쑥쑥 자라기라도 했으면

물속의 방

　꿈인지 생시인지 모르겠어요 글쎄 방이 온통 물속에 잠겨 있고 그 속에 내가 물고기처럼 헤엄치고 있지 않겠어요 내 귀가 아가미가 된 듯 나는 입이 아닌 귀로 숨을 쉬었어요 팔과 다리를 지느러미처럼 흔들며 물속에서 책을 읽었어요 책속의 활자들은 다 쓸려 나가고 여백뿐인 푸른 표지의 책이었어요 활자들은 둥둥 떠다니거나 방바닥에 가라앉아 있었어요 심심해서 그것들을 주워 먹이처럼 먹었어요 내 입에서 문장이 공기방울로 터져 나왔어요 나는 세상에 하나뿐인 활자를 주워 먹는 사람이 되었어요 뒤늦게 알았지만 창문은 열려 있었어요 창문을 통해 내 가족이 날 물끄러미 쳐다보며 뭐라뭐라 말하는 게 들렸어요 나는 창문 쪽으로 헤엄쳤어요 그러나 내 가족은 나를 알아보지 못했어요 내가 아내를 보고 여보, 하고 불렀지만 아내는 듣지 못했어요 두 아들을 보고 사랑하는 내 아들들아, 하고 불렀지만 두 아들은 나를 향해 물총을 쏘았어요 물총의 끝에서 가늘고 빠른 물줄기가 쏟아져 나왔는데 내 몸엔 닿지 않았어요 그제야 나는, 수족관에 갇혀 있다는 것을 눈치챘어요 내가 먹었던 활자는 다만 먹이에 불과했다는 것을, 내가 읽은 책은 플라스틱으

로 만든 수초였다는 것을 말이에요 내겐 아가미도 있고 싱
싱한 지느러미도 갑옷 같은 비늘도 있다는 것을 확인했어요
도,대,체, 이게 어떻게 된 것일까요 분명 생시는 아니고 꿈이
겠지요? 손가락이 없으니 살을 꼬집어 볼 수가 없네요

공동묘지 1

무덤들은 거꾸로 땅에 박아 놓은
항아리 같다 수다쟁이가 많은 세상을 벗어난
공동묘지, 이곳에 와선 수다쟁이도 입을 다물고
숙연해진다 저녁놀의 헛바닥이 무덤들을 핥으며
지나간다 왜 무덤엔 창문 하나 달려 있지 않나?
처연한 저녁놀 한 줌씩 창문을 통해 넣어주고 싶구나

공동묘지 2

바람이 안 부는데 묘지 주변의 나무들이 흔들리고 있다
나무 한 그루마다 귀신 하나씩 들어가 나무를 흔들어대고
있다
무덤 속이 심심해지면 귀신들 저리 떼거리로 나와
나무를 흔들어댄다 자신의 전 생애를 부정하거나 긍정하
거나
이미 다 헛것이 돼버린 지금, 사후(死後)는 그저
이렇게 적막하기만 하다는 듯
나무들을 흔들어대고 있다

공동묘지 3

쏟아지다가, 햇살은 진저리를 친다. 지상에 닿은 곳이 하
필 무덤이라니! 무덤 앞에 엎드려 우는 자의 눈물을 햇살은
안 훔친다. 떨어진 눈물은 무덤을 감싼 풀들의 그늘이 된다.
무덤 속에 누운 죽은 자의 생애는 죽지 못한 자들의 그늘이
된다. 그늘 없이 사막을 건널 수는 있지만 그늘 없이 생을 건
널 수는 없다. 무덤 위로 떨어지자마자 햇살은 식어 그늘이
된다. 식어 그늘이 된 햇살들이 무덤 주변에 서성이는 공기
를 끌어당긴다. 공기는 압축된 듯 무겁게 가라앉는다. 무덤
앞에 엎드려 울고 있는 자들은 안다. 죽음은 살아 있는 자들
의 생을 전율의 웅덩이에 빠뜨린다는 것을. 해서 그들이 죽
은 자를 위하여 세운 묘비는 자신들의 심장을 뜯어낸 절규
에 다름 아니라는 것을. 비애를 모르고 휘파람 불며 쏟아지
던 햇살은 무덤에 내려서야 제 속에도 그늘이 꿈틀거림을
안다. 햇살보다도 안 뜨거운 생애를 살아온 자는 공동묘지
에 발을 들여놓지 말아야 한다. 그런 자에게 공동묘지는 나
른한 휴양지에 불과하다.

공동묘지 4

묘비가 남근처럼 서 있다 그 뒤로 무덤이 음부처럼 웅크려
있다 묘비와 무덤은 서로를 격렬하게 애무한 적이 있었던가
그 어떤 묘비도 이승에서의 생을 흉본 것은 없다 그 어떤 무
덤도 달콤하지 않은 것은 없다 왜 후손들은 망자(亡者)의 이
승을 추억의 상자에 넣어 포장하길 좋아하는가 그들 몸속의
피는 망자를 그리워할 때 왜 더 붉게 끓는가 망자들의 살점
은 왜 고기가 되어 식탁에 오르지 못하는가 무덤 앞에 놓인
꽃들, 그 꽃들의 피를 빨아먹는 망자들을 위하여 후손들은
더 싱싱한 꽃을 바쳐야만 하는가 죽은 뒤에도 무성하게 자
라나는 머리카락들 대체 언제까지 이승의 공기를 움켜쥐고
있을 텐가

사막도시

온갖 비유가 이곳에선 공포에 불과하다 입을 함부로 열지
않는 것이 가장 아름다운 풍경이다 굴욕의 폭풍 몇 차례 지
나갔다 폐허는 한 두레박의 물도 없는 우물을 지하로 파내
려 갔다 물을 줘! 물을 줘! 마른 나무 몇 그루는 입술을 태우
다가 허연 소금과 함께 절명했다 거침없는 멸망이 닥쳐왔다
쉿, 검은 그림자가 도시를 에워싸고 있어. 저벅저벅, 죽음을
호위하는 병사들 가까이 다가오는 발자국 소리. 태어나자마
자 죽음의 그림자를 본 신생아들은 다시 자궁 속으로 들어
가 버렸다 태아들은 자궁의 문을 닫아걸고 탯줄로 목을 감
았다 이 도시에서 더 이상의 탄생은, 없다 안락했던 집들은
무덤으로 명명되었다 집이 없는 자들은 자신의 살가죽이 곧
무덤이었다 제 혈관 속의 피를 뽑아 마지막 목숨을 연명하
던 자들, 혈관이 하얗게 말라버려 딱딱한 소금기둥으로 굳
어갔다

공포

　내 방의 창을 열면 공포가 떠억 아가리 벌리고 있다 나는 공포에 의해 사육되고 있는 동물이다 종일 창을 열지 않고 지낸 적도 있다 내가 뱉어낸 이산화탄소가 방 안의 산소를 다 먹어치웠다 나는 헉헉거리며 창을 연다 공포가 나를 집어삼킬 듯 노려본다 나는 이미 무수히 죽었다 공포의 아가리 너머 깊은 동굴엔 내 시체가 무더기로 쌓여 있다 그 동굴은 물 한 방울 없는 사막이다 방 안의 나는 육체가 없는 영혼인지 모른다 내 영혼은 잃어버린 육체가 그리워 슬픈 노래를 부른다 아무도 내 노래를 못 듣는다 아니 귀를 기울여 듣지 않는다 내 속의 나무들 피가 다 말라버렸고 잎들은 쭈글쭈글해져 버렸다 이런 내 영혼이 언제까지 슬픈 노래를 부를 수 있을까 제 방을 박차고 나간 자들은 대체 어떤 자들일까 그 자들의 노래는 가볍게 가볍게 상승한다 왜 나는 그 자들의 노래를 흉내조차 못 내는가 왜 나는 공포를 물리치기 위하여 공포의 아가리에 나무 씨앗 하나 심지 못하는가 공포를 내 방에 가두고 내가 공포를 사육하는 꿈, 그 꿈을 밤마다 꾼다

2부

싸락눈 싸락싸락 오는 밤

싸락눈 싸락싸락 오는 밤, 얼어붙은 등불들은 밖이 아닌 제 속을 비췄다 욕망의 상점들은 하나 둘 지펴를 열었다 성대를 제거한 개들은 소리 없는 소리를 내질렀다 침몰된 폐선같이 뒤척이는 이 도시, 사람들은 희망의 씨앗을 품고 잠들었을까 싸락눈 싸락싸락 오는 밤, 작부가 된 누이들은 아버지들과 근친상간을 저질렀다 몇 줌의 눈물과 몇 다발의 지폐가 교환되고 몰래 숨어서 보던 오빠들은 아버지를 닮고 싶어 수줍게 수음하고 있었다 지친 어둠은 더 이상 절규하지 않았다 지상의 우물이란 우물은 다 메워져 눈물을 저장할 곳은 어디에도 없었다 언제나 신음소리로 넘쳤던 개천은 덮개가 덮였지만 복개천은 죽은 태아들의 소굴이었다 죽은 태아들은 제 배에 연결된 탯줄을 씹어 삼켰다 싸락눈 싸락싸락 오는 밤, 잠이 모래알같이 서걱거려서 사람들은 흉몽(凶夢)에 시달렸다 몇몇은 제 상한 지느러미를 뜯어버렸다 거대한 이 도시가, 누이들의 가짜 속눈썹같이 파르르 떨리고 있었다

숲의 눈

숲 속에서 그는 일생을 마감했다 그의 육신은 낙엽의 침대 위에 누워 있었다 독수리가 와서 살점 다 뜯어먹었다 뼈에 들러붙은 살점은 구더기의 차지가 되었다 흰 뼈만 남은 그의 육신 중에서 훼손되지 않은 유일한 곳은 두 눈이었다 부릅뜬 두 눈은 독수리도 구더기도 파먹지 못했다 세상에 대해 무엇인가 말하고 있는 듯한 두 눈, 그 속에 우물이 있었다 넘칠 듯하면서도 넘치지 않는 물, 그 물속에 그의 영혼이 녹아 있었다 영원히 죽지 않는 그의 영혼이 시퍼렇게 살아 있었다

또 어떤 이가 숲 속에서 제 일생을 마감하고자 들어와 그의 두 눈을 발견했을 때 ; 오오, 저 자의 두 눈이 내 일생을 한순간 다 읽고 있는 듯해!

허둥대며 숲 밖으로 걸음을 되돌리리

그의 두 눈은 숲의 눈이 되어

이후로, 숲을 드나드는 발자국들의 일생을 놓치지 않고 지켜보리라

이상한 경험

빛나는 건물들을 배경으로 날아가는 새를 사진으로 붙잡기 위해 셔터를 누른다. 새의 비행을 정지시키기 위해 셔터를 누른다. 그러나 새는 사진 속에 남지 않고 사진기 속에 갇히고 만다. 셔터를 누를 때마다 새의 비명 소리가 새나온다. 사진기를 분해한다. 어디에도 새는 없다. 다시 조립한 사진기의 셔터를 누르면 새의 비명 소리가 새나온다. 내가 사진기 속에 갇히지 않고서야 새를 볼 수 없다. 누가 좀 이 사진기로 나를 찍어줘요. 지나가는 아무나 붙들고 부탁한다. 온몸이 사진기인 내 몸을 잡은 행인 하나가 끙끙거린다. 내 속에 갇힌 새의 비명 소리가 새나온다.

사람과 사람 사이로

　사람과 사람 사이로 구정물이 흘렀다 눈 잃어버린 세월은 더듬거리며 질척질척 구정물을 건넜다 거미줄에 걸린 욕망의 나방들은 제 죽음을 재촉하듯 퍼덕거렸다 그럴수록 거미줄은 나방들을 더 감아 들였다 저 나방들과 내가 다를 바가 없어! 구정물을 마시며 사람들은 자조적으로 말했지만 거미들은 더 팽팽하고 더 끈적끈적한 거미줄을 생산하느라 정신이 없었다 공장 굴뚝은 나날이 더 뚱뚱한 검은 연기를 생산했다 머리통을 굴뚝으로 개조한 사람들도 검은 연기를 뿜어내고 있었다 펑, 펑, 검은 연기는 겁도 없이 뿜어져 나왔다 발밑은 구정물의 세상, 머리 위는 검은 연기의 세상, 그리하여 사람들은 세월을 닮아 차츰 눈을 잃어 갔다 그들의 기억 속에 남아 있는 희미한 풍경이 지느러미를 흔들어 줄 뿐 그들은 더 이상 풍경을 감상할 수조차 없는 지경에 이르렀다 사람들의 깊어진 시름만큼 구정물은 불어났고 마침내 그것은 거대한 강이 되었다 사람과 사람 사이로 구정물의 강이 흘렀다 그 강은, 검은 연기를 생산하느라 지친 자들의 잦은 익사로 인해 코 막을 날이 없었다

내 속의 새를 꺼내 날려 보냈다

약을 줘도 앓기만 하는 내 속의 새를 꺼내
날려 보냈다 새는 태양의 반대편으로
버겁게 날아갔다 새를 비운 내 속에
나무 한 그루를 옮겨 심었고 저녁놀이 오기 전까지
읽다가 둔 시집을 읽었다 아무리 읽으려 해도
세상의 껍질은 여전히 벗겨지지 않았다 내 머리는 자꾸
화석으로 굳어갔고 한때 뜨겁게 치닫던 핏줄기는
서서히 식어가고 있었다 내가 날려 보낸 새도
어느 허공에선가 추락할 것이다 자꾸 귓바퀴를 긁으며
사이렌 소리가 들렸다 어떤 검은 그림자가
내 속으로 들어올 것처럼, 명치끝이 아렸다
신지 않는 낡은 신발을 꺼내 신고 옥상을 거닐었다
구석에 몰려 있는 몇 줌의 흙 위로 풀 한 포기
고개를 내밀고 있었다 왈칵,
한 모금의 피를 토해
풀의 마른입에 넣어주고 싶었다

공터

태아처럼 웅크린 지붕들 사이로
공터는 있다 쥐들의 점령지인 공터는
또한 쓰레기들의 왕국
낮밤 쉴 새 없이 온갖 쓰레기가 쌓인다
쥐들은 환한 대낮에도 황홀한 쓰레기 냄새에 취해
쓰레기를 뒤적거린다
어느 비 오는 밤, 불법의 까만 쓰레기 봉지 속에서
그 울음소리는 들렸다
숨넘어가는 듯한 아기의 울음소리,
누군가 내다버린 사생아의

그 울음소리 사람들의 잠속까지 파고들었으나
사람들은 늘 그랬듯이 쥐 사냥을 나선 고양이의
울음소리로 들었다 그러나
고양이만큼 몸집이 비대해진 쥐들은
더 이상 고양이를 두려워하지 않아
고양이는 감히 공터에 접근하지 못했다
억울하게 죽은 자의 원한처럼 비는
내렸고 빗물에 흠뻑 젖은 쥐들이
재빠르게 아기의 울음소리를 잠재웠다

이른 아침, 쓰레기차가 와서 쓰레기들을 다 수거해 가고
공터 쪽으로 난 창을 폐쇄시켰으므로
사람들은
제 속의 공터에 쌓인 잠의 찌꺼기를 수거할 뿐

붉은 강

붉은 강이 피 냄새를 풍기며 흘러갔다
먼지 같은 세월을 톡톡 털어내며
몇몇의 영혼이 강가에 앉아 있었다
그들은 심장을 꺼내 물에 헹구고 있었다
심장을 감싸고 있던 피 다 씻겨
하얗게 되었을 때
그들은 심장을 제자리에 갖다 놓았다
수면 위로 심장이 뜯겨 나간 물고기들이 둥둥 떠올랐다
핏물 다 빠져버린 하얗게 된 심장 같은
태양이 물고기들 사이를 뒹굴고 있었다

—곧 밤이 와! 밤이 오면 우리는 돌아가야 해.

내 속엔 죽은 새들이 있다

　내 속엔 죽은 새들이 있다 무덤도 없이 죽은 새들이 내 속에 있다 내 열망이 끌어들였던 새들이 내 속에 들어오자마자 시름시름 앓아누웠다 내 속의 죽은 새들은 이름이 없다 내게서 이름을 얻기도 전에 싸늘한 죽음을 맞이했다 나는 내가 나무 한 그루보다 그윽한 존재가 못 된다는 것을 깨닫는다 내 눈물은 죽은 새들의 영혼을 적시지 못하고 그러므로 새들은 부활하지 못한다 내 눈물은 언제부터인가 뜨겁지 못하고 말할 수 없이 차갑다 내 속은 새들을 넉넉하게 품어줄 하늘이 못되고 그럼에도 나는 새들을 내 속으로 끌어들였다 나는 왜 더 이상 새들을 끌어들이지 않겠다고 세상의 새들 앞에 무릎을 꿇지 못하나? 그럼에도 나는 왜 내 몸에 깃털이 나고 날개가 돋아 무한 광대한 우주 끝까지 이르기를 꿈꾸나?

늪을 건너가려면

늪에 이르면 내 속의 늪이 우우 울었다 늪이 늪을 만나도 몸 포개지 못하므로 내 속의 늪은 우는가 내 속의 늪엔 내가 무수하게 빠뜨렸던 것들이 가라앉아 있다 내 속의 늪과는 달리 늪은 제 속을 보여주지 않고 무슨 생각을 하고 있는지 물뱀 하나를 건너가게 한다 물뱀이 내고 있는 길을 따라가면 늪의 끝에 닿을까 늪의 끝이 있긴 있는가 늪을 건너가려면 내 속의 늪을 늪에게 내놓아야 하리라 돌멩이를 주워 늪에 던진다 아무 소리도 나지 않는다 할 말이 있어도 속으로만 삼켜온 듯한 저 침묵, 내가 던진 돌멩이는 오래지 않아 침묵에 의해 녹아버릴까 제 아무리 큰 바위도 늪에 빠지면 녹아버릴 것 같다 저 늪을 건너가려면 내 속의 늪에 빠져 있는 바위를 들어내 늪에게 던져줘야 하리라 말할 수 없이 내가 가벼워져야 하리라

성(城)

빈 성은 무성한 고요를 키운다
뜰엔 몇 세기 전에
사자(死者)들의 숨소리를 받아 마시고
자란 풀들이 치렁치렁한
생을 묶지도 않고 흔들리며
뼈 없는 몸을 구부려 땅을 핥는다
핥는다는 것은 기억을 놓지 않는 견딤이다
나도 저것들처럼 무엇인가 핥으며
기억을 놓지 않고 싶다

햇볕 내린 대낮에도 저벅저벅
뜰을 오가는 발자국 소리들―,
성을 지키는 자들을
단순히 귀신이라고 말해선 안 된다
저 발자국 소리들은 가끔
우리들의 몸속으로 스며들어
전율의 웅덩이를 만든다 우리들이
의식하지 못하는 순간에 사자들은
우리들 속에 침투하는 것이다
그러나 뭐, 몇 세기를 견뎌온 성처럼

사자들이 든 우리들의 몸도
한 세월을 버텨내는 힘을 갖고 있다
다만 너무 오래 성에 머물지 말아야 한다,
몇 세기 동안 사자들의
발자국에 익숙해진 성은
우리들을 그이들과 혼동할지도 모른다
우리들이 가끔
몽환과 현실의 세계를 혼동하듯 그렇게

사막일기 1

밤마다 하늘을 헤엄치는 눈먼
물고기 떼의 이마가 환히 빛날 때
별 하나가 어둠 속으로 떨어져 눕고
동시에 사람 하나가 숨을 놓고
하늘로 올라간다 물고기 떼여
그대들은 어디에서 거슬러 올라왔는가
우주의 배꼽에서 태어나
이 세상의 하늘로 방류되었는가

밤마다 하늘을 보며 나는
태아가 되어 물고기 떼에 섞여
하늘을 헤엄치고 싶다
고만고만한 앎의 무게를
벗고 싶다 죽는 날까지도
세상은 내게 읽히지 않을 것이다

산 자가 죽은 자와 통신하는
자정 무렵, 나는 하늘로 팔을 벌려
우우우 소리친다 물고기 떼여
나를 몰고 하늘로 데려 가라

차라리 태아가 되어
세상에 읽히고 싶다 아니,
태아의 눈으로
세상을 다시 읽고 싶다

사막일기 24

비가 퍼붓는 밤이었다 발톱을 세운
악마처럼 퍼붓는 비였다
폐선처럼 정박해 있던 마음이
내 몸을 밖으로 이끌었다
빗속에 몸을 내놓고 마음이
속삭였다 후줄근히 젖어라
모래성처럼 금세 허물어질 것 같잖아
내 곁에 선 나무들이 말아 올린
머리칼을 풀어 내렸다 머리칼 속에서
몇 마리의 새가 쏟아져 나와
푸덕푸덕 날았다 내 몸은
바닥에 뚫린 구멍으로 물이 올라오는
폐선 위에 올라 점점 떠밀려가고
있었다 몸을 빗속으로 이끌었던 마음이여
어디로 항해를 하려느냐
아무 대답이 없었다 내 뒤편에서
세상이 조금씩 가라앉고 있는 줄은
차마 몰랐다

그 집의 창문

그 집의 하나뿐인 창문은
한 번도 열린 적이 없다 창문을 열려고
넝쿨 장미가 틈새로
숨 가쁜 향기를 쏟아 붓고 있다
오월의 대지가
제 속의 것들 남김없이 출산하고도
자궁 홍건하여
자궁을 햇볕에 말리고 있을 때
지독하게 독이 오른 목련나무는
침묵으로 몸 씻고 있는 중이다
그 집의 하나뿐인 창문 굳게 닫혀 있지만
가끔 피아노 소리 흘러나온다
피아노 소리에 의해
그 집 정원의 식물들은
기쁨과 슬픔에 길들여졌다 피아노 소리 뚝 멎으면
한낮인데도 무겁고 어두운 고요에 몸을 떤다
창문의 틈새로 향기를 쏟아 붓고 있는 넝쿨장미,
잦은 빈혈로 바람 없이도 흔들리고
제 몸의 독을 어쩌지 못해 목련나무는

남들 꽃피우기 전에 이미 꽃 다 뱉어버렸다

그 집의 하나뿐인 창문을 부숴야 한다,

그 집의 정원을 한 번이라도 밟아 본 자들은 안다

그 집의 내부와 정원의 유일한 경계는

창문뿐임을

그때 그 시절

무거운 공기가 가라앉았다. 하늘의 지느러미가 불붙고 있었다. 지상은 가면을 쓴 자들로 넘쳤다. 죽은 자는 해부되었고 무덤은 텅 비었다. 꽃봉오리들은 입술을 끝내 안 벌리고 시들었다. 여관은 사생아들을 생산하는 공장으로 간판을 바꿨고 콘돔은 전혀 안 팔렸다. 천기를 누설하는 자들이 곳곳에 그늘처럼 숨어 있었다. 희망을 발설하는 자는 쥐도 새도 모르게 잡혀갔다. 광란의 아이들은 거리에서 폭죽놀이를 즐겼다. 갑옷을 입은 패거리의 두목은 살이 올라 뒤뚱거렸고 밤마다 두목과 그 조무래기들의 물침대가 되는 누이들은 눈물로 폭탄을 제조했다. 물래 키워온 태양이 싸늘한 시신이 되어 떠올랐을 때 군중들은 폭풍을 몰고 거리를 휩쓸었다. 불면으로 앓는 밤(夜)이 죽은 자들의 창자를 꺼내 질겅질겅 씹어 먹었다. 하루가 천 년 같은 세월 속에서 아이들은 머리가 하얗게 셌다. 어느 날 우습게도 두목을 닮은 코미디언이 영웅으로 떠올랐다. 그는 '망각의 마술사'였다. 아편 맞은 듯한 몽롱한 기분으로 어른들은 실성하여 킥킥, 퀘퀘 웃어 댔다. 낮밤없이 몰래 사라진 오빠들은 로봇을 제조하는 군대에 끌려가 로봇으로 재탄생했다. 어머니들은 제 속의 한(恨)의 가마솥에 불을 지피며 고름을 짜내어 걸죽한 죽을 끓였다.

캄캄한 밤에 일어난!

　캄캄한 밤, 다리를 절룩거리는 짐승 하나가 내 속으로 들어와 좀 눕자고 한다. 난 고개를 끄덕였다. 짐승은 내 속에 누웠다. 피를 흘리는 짐승. 우우, 피가 모자라! 짐승이 울부짖었다. 내 피를 좀 나눠줄까? 짐승이 고개를 끄덕였다. 짐승은 날카로운 이빨로 내 혈관을 물어뜯었다. 나는 들고 있던 주사기를 집어 던졌다. 우우, 피가 모자라! 이번엔 내가 울부짖었다. 내 피를 좀 나눠줄게. 짐승은 내게 제 피를 넣어주었다. 이내 짐승은 쓰러져 잠들었다. 나도 잠들었다. 얼마나 잤나? 나는 눈을 뜨고 짐승을 바라보았다. 우우, 그것은 짐승이 아닌 바로 나였다. 나는 내 몸을 살폈다. 우우, 이 몸은 사람이 아닌 짐승이었다. 내 온몸은 짐승의 털로 뒤덮여 있었다.

꽃상여를 본 아침

꽃상여를 본 아침,
내 눈은 영안실처럼 적막해진다.
우리 삶의 내용은 한없이 곤궁하기만 한데
죽음의 형식이 왜 저리 화려한가.

3부

겨울숲 우화

겨울숲이 뜨겁다 나무들이 서로서로 끌어안고 있어 열기가 뿜어져 나온다 숲 속의 좁은 길이 내 발자국을 보듬고 있다 새 떼가 후루루 날며 하늘의 푸른 심줄을 당긴다 흙속 잠들었던 벌레들이 고개를 내민 채 후후 숨을 쉰다 구겨진 햇살이 나무의 밑동을 감고 있다 숲은 고요한데 느닷없이 짐승들이 울부짖기 시작한다 숲 밖으로 말발굽 소리 들린다 이를 악문 비명이 찢겨져 들린다 탕, 탕, 총성이 연속적으로 울리고 산이 몸을 뒤척인다 하늘의 심줄을 문 새들이 뚝뚝 피를 흘리며 땅으로 떨어진다 나무들이 일제히 빈혈을 일으키며 감고 있던 어깨를 푼다 내 뒤를 따라 숲으로 들어온 바람이 잔기침을 토하며 새들의 빈집을 흔들어 보인다 그 속에 갇혀 있던 나뭇잎들이 후두둑 떨어지며 숲의 고요는 흩어지고 총성에 섞인 말발굽 소리들 날뛴다 빠르게 해 기울고 온순하던 바람이 얼굴을 벗은 채 칼을 물고 우우 미친 듯 숲을 빠져나간다 숲 속은 일순간 어두워지고 숲 밖은 차츰 아우성으로 깊어간다

우물

어느 날부터인가 아무도
물을 길어 올리지 않았다
별빛만 내려와 놀다가는 우물가,
바람조차 더 이상 우물 안을
기웃거리지 않았다
익사의 냄새,
우물 안에서 확 올라와
그 누구도 등목조차 하지 않았다
또한 늦은 밤 몰래 몰려온 마을의 처녀들이
풀들보다 낮은 소리로 키득거리며
달덩이 같은 살을
훔치는 일도 없었다
익사의 냄새가 올라오고부터
우물은 사람들로부터 버림받았다
늘 샘솟지만,
익사의 냄새는 끝내 지워지지 않았다
그때 마침 집집마다 수도가 들어와
우물가를 얼씬거리는 그림자조차 없었다
이장에 의해 소집된 마을 사람들은

우물을 메워버리자고
익사의 냄새가 마을의 이미지를 먹칠하고 있다고
만장일치로 여론을 수렴한 다음
삽을 들고 우르르 우물가로 몰려가
삽시간에 우물을 메워버렸다
우물에선 더 이상
익사의 냄새가 올라오지 않았지만
집집마다의 수도꼭지에서
콸콸콸 쏟아져 나왔다

그 숲엔 무수한 뼈가 있다

머리칼 서로 엉켜 햇볕을 허락하지 않는 나무들 하체가 희고 늘 축축하게 젖어 있다 곰팡이가 나무들의 음부 속에서 제 일생을 꽃피우고 있다 숲 속을 서성거리다 끝내 길 못 찾고 스러져 간 자들의 뼈가 낙엽들 위에 뒹굴고 있다 썩지 않는 뼈들이 낮밤 없이 인광(燐光)처럼 반짝거린다 언제였던가 숲 속에 들어갔다가 헤맨 적이 있었다 내 뼈를 하나씩 뽑아내어 던졌다 반짝이는 내 뼈를 딛고 숲을 나온 적이 있었다 몸속의 뼈를 버리고서야 비로소 길을 찾을 수 있었다 숲은 낮밤 없이 무수한 뼈들 중에서 제 뼈를 찾으려는 자들로 시끄럽다 뼈 없는 내 몸이 잔바람에도 휘어질 때 나는 내 뼈를 찾으러 숲 속으로 들어간다 길을 잃을까 두렵다 더 이상 뽑아낼 뼈가 없다

이별 후의 장례식

　너를 내 속의 무덤에 묻겠다고 쓴 네 편지를 받고 당혹스
러웠다. 편지를 읽기 전까지 나도 너를 내 속의 무덤에 묻고
있었다. 나는 말없이 편지를 찢으며 봉분을 다졌다. 나를 지
켜보고 선 살구나무가 풋살구를 톡톡 떨궜다. 풋살구를 한
입 깨물었다. 한때 너는 나의 나무에 열려 있던 붉은 살구였
다, 지금은 서로 장례식을 치르지만. 먼 하늘가에서 몰려 온
먹구름이 제 몸을 잘게 찢었다. 우우우―, 미친 늑대처럼 빗
줄기가 울부짖었다. 내 몸은 빗줄기에 후줄근히 젖어 들었
다. 내 속의 무덤은 빗소리에 흠뻑 젖었다. 한순간, 내 속이
자궁으로 변했다. 망할 것, 나는 너를 낳고 싶었다

그곳에 가려는 자들

그곳에 이른 자 아직 없지만
알게 모르게 많은 자들이
그곳을 향해 집을 떠났다
가다가 지쳐
주저앉아 그대로 돌이 된 자도 있다
돌에 등을 기대고 잠시 쉬는 순간
돌의 울음소리에 놀라
길을 포기하고 집으로 돌아온 자도 있다
그곳으로 가는 길은
세상의 어느 지도에도 나와 있지 않지만
사람들은 한결같이 혼자만의
지도를 몸속에 지니고 있다 또한
나침반과 가득 채워져 있는 물병,
짊어진 배낭 속엔 한 줌의 소금
그러나 안내자는 없다 그곳에 이른 자 없으므로
집을 떠나온 자들은 오직
홀로 걸어갈 뿐이다
군데군데서 만나는
돌이 된 자들의 울음소리에도 끄떡없이

무심히 걸어가는 자도 있지만
그곳이 과연 있긴 있는지 의심스러워
막 신던 신발을 벗어 놓는 자도 있다

비 오는 거리

비 오는 거리, 물속 같다
사람들 중엔 전생에 물고기였던 자들이 분명 있어 그 자들의
슬픈 노래가 비를 더 자극시킨다 얼굴을 가리고 서 있는
저 검은 나무들의 내부로 들어가 물고기는 알을 낳는다
알밴 나무들의 나뭇잎, 아니 지느러미가 물살을 뒤흔든다
바다를 그리워하다가 나는 무척 늙어버린다
내 몸속에서 물살 튀는 소리가 숨 가쁘다
오늘 문득 이상하다 ; 내가 읽어오던 세상은 내 눈앞에 보
이는
저 세상이 아닌 것이 분명해 나는 어제의 내가 아닌 것이
분명해 저 무수한 빌딩들, 아니 납골당들
저 속에 어제의 내가 해골로 혹은 한 줌 뼛가루로
남아 있을 것이다 아니다 어제의 나는 물고기들 중의
한 마리에 불과했을 것이다 사람이 되기를 간절히 꿈꾼 물
고기
가끔씩 나의 몸 기슭에서 비늘이
뜯겨 나가지 않았던가 나는 눈뜬 채 아직
잠들어 있는 물고기, 아니 나는 아직 나무들 속에 간직된

물고기의 알, 아니 나는 물고기 몸속에서 자라고 있는 알,
언젠가 성큼 바다로 돌아갈 수 있을까
  저 무수한 사람들 중에도 물고기를 꿈꾸는 자들이 있을 것
이다
  납골당에서 흘러나오는 비릿한 물고기 냄새!

  문득 나의 몸에 비늘이 돋는 소리

안개숲

나무들의 혀가 바람을 감아 들였다 흰 뼈가
드러났다 피 철철 흘리며 시간이
걸음을 멈췄다 화석 속에 살던 물고기가
나뭇잎을 물고 계곡으로 사라졌다
적막의 지느러미가 날렵하게 흔들렸다 이내
안개가 왔다 죽은 자들이 제 무덤 속으로
안개를 끌어들였다
마른 내장을 꺼내 적시는
숲의 늑골 사이에서 시간은
무수히 알을 낳았고 알 수 없는 섬광이
안개 사이로 비쳐 들었다 제 속의 너무나 많은
구멍들, 그 구멍들 속으로 스며든 안개를
나무들은 힘겨워했다 땅에 구멍을 파고
눈감고 들어가 누울까
안개 너머 멀리 한 세상이
씨앗들을 터뜨렸다 적막의 지느러미가
별들 사이를 흐르고 있었다
섬광을 잠재워버린 안개는 안개 속으로
들어가 잠들었다 구멍들은 구멍 속으로 들어갔고,
그때 숲의 내장엔 소화되지 못한 온갖 나무들
뿌리가 엉켜들고 있었다

상한 지느러미를 떼어내고

밤하늘의 환한 눈썹인 별들이 휩쓸리는 밤,
세상은 적막했고 어느 집의 개는 컹컹거리며
사람들의 잠을 물어뜯었고 멀리 갔다가
절룩거리며 돌아온 바람의 몰골은 처참했다
밤은 어둠이 찍어 놓은 거대한 지문이었다
상처뿐인 자에게 밤은 감옥에 불과한지
귀를 기울이면 여기저기 고통스런 신음소리
어둠의 뿌리를 쥐고 흔들었다
사내로 태어나 나라 하나 세우지 못했으니
나는 태양이 몹시 두려웠다
하여 어둠의 나라에 스스로 유배되었다
언젠가 몰래 태양 아래 노출되었다가
내 지느러미는 무척 상해버렸다
어디로 헤엄쳐 갈 수 없어 나는
상한 지느러미를 떼어내고 파닥거렸다
한순간 소멸하는 별의 환한 빛,
그 환함이 치명적으로 나를 쑤셔댔다

달밤에 무덤들이 고요하게 부풀어 오를 때

저 무덤 속에 이미 송장은 들어 있지 않다
살을 녹여버린 독한 뼈도 들어 있지 않다
저 무덤 속에 들어 있는 것은 달빛뿐
달을 사모한 무덤은 밤마다 몰래
제 속을 드러내고 달빛을 끌어들였던 것이다
무덤은 달의 아이를 꿈꾸었던 것이다
무덤은 그렇게 자궁이 되었던 것이다
달밤에 무덤들이 고요하게 부풀어 오를 때─,
무덤들이 몰래 달의 아이를 낳는다
무덤들 위로 무참히 쏟아지고 있는 달빛,
그것은 달빛이 아닌 탯줄인 것이다
무덤들 속에서 나온 달의 아이들은
그 탯줄을 움켜쥐고 달의 나라로 올라가는 것이다
달밤에 무덤들이 고요하게 부풀어 오를 때─,
그런 때는 욱신욱신 고통스런 낮의
생을 지그시 눌러놓고 다만 잠을 자야 한다
아무것도 하지 말고 잠만 청해야 한다

안개도시

안개의 무리들이 몰려들기 시작한다
거대증에 걸린 도시의 머릿속으로 스며든
안개들이 무수한 알을 깐다
습관적인 두통에 시달리는 도시,
사람들은 현기증을 일으키며
제 집으로 가는 길을 찾지 못해 허둥거리다
지하의 세계로 우르르 몰린다
지하도의 계단을 밟고 내려가는
인해전술의 안개들,
곧이어 안면을 몰수당한
사람들이 끝없이 흘러나온다
지상은 뿔뿔이 흩어지는 아우성으로 들끓는다
바람조차 안개의 바리케이트를 뚫지 못한다
발가벗겨진 채 고꾸라지는 시대가
다리를 절룩거리며
사람들의 뒤를 따른다
안개들이 모호한 얼굴로 떵떵거린다
도시는 차츰 건방지고 참혹해지고

안개의 기둥들이
불끈불끈 솟구쳐 오른다
사람들은 그 기둥을 오르며
얼굴을 벗어 던진다

붉은 녹물

꽃이 발갛게 익었다 내가 눈길을 주기 전부터 익어 있었다
내가 눈길을 주었을 때 붉은 녹물을 떨구기 시작했다 오래
전부터 내 속에서도 녹물 벌겋게 흘러내리고 있었다 나는
녹물 한 점을 손가락으로 찍어 꽃의 입술에 적셨다 바람이
통역하듯 꽃의 입술을 건드렸다 꽃그늘 밑, 꽃의 울음이 흥
건하게 고여 있었다 바람을 만난 울음이 우우 퍼져 나갔다
내가 쏟아낸 울음은 어떤 항아리 속에 갇혀 있었다 나는 항
아리 뚜껑을 꼭꼭 닫아 두었다 아무도 모르는 곳에 항아리
를 숨겨 두었다 발갛게 익은 꽃이 울어도 잡풀들은 울지 않
았다 꽃이 흘린 붉은 녹물을 손가락에 찍어 내 혀에 대 보았
다 내 속의 붉은 녹물이 끓었다 그 녹물 속에서 오래전 삭은
뼈들이 울고 있었다

살아있는 화석

캄캄하다 햇빛 한 줌도 쏟아지지 않는다
나무들 길게 혀를 빼고 늘어져 있다
대낮인데도 무거운 고요가 범람하는 거리,
수상한 공기가 내 온몸을 압박한다 느닷없이 출몰한
쥐 떼만 겁 없이 돌아다니며
걸어 다니는 사람들의 발목을 물어뜯는다
놀라워라, 사람들은 아무런 반응 없이
다리를 절룩거리지도 않고
제 가던 길을 걸어간다
살점 뜯긴 발목에선 피 한 방울 흘러내리지 않는다
오랫동안 폐쇄된 밀실에서 내내 잠들어 있다가
한껏 세상을 들이키려고 외출했던 나도 쥐에게
발목을 뜯긴다 사방으로 진동하는 나의
피 냄새를 맡고 사람들이 갑자기
나를 향하여 몰려든다
저것 봐, 화석이 살아 움직이고 있어!
사람들 중의 누군가가 손가락으로 나를 가리키며
소리친다 우우―, 일제히 광분한다

이상한 공간 속으로 흘러들고 말았어,
이곳은 내 어제의 시간들이 퇴적된 도시가 아냐
이상한 일이다, 분명 익숙한 풍경들인데…
그러나 아무 표정 없는 사람들의
사자(死者)처럼 핏기 가신 얼굴,
저 자들은 분명 나의 종족이 아니다!
나의 종족은 모두 어디로 사라졌단 말인가
나는 도망친다, 붉은 피 쏟으며
절룩절룩 달아난다 헉헉,

대체 나의 잠은
얼마나 길었던 말인가

지하세계의 유행가

어제의 지상을 무겁게 짓누른 유행가였던
진혼곡은 이제 울려 퍼지지 않는다
진혼곡이 없는 오늘의 지상은 가볍게 상승한다
상상! 상승! 오늘에겐 상승만 존재할 뿐이다
하강을 꿈꾸는 것은 무덤뿐,
그러나 진혼곡은 들려오고 있다
소리를 죽인 소리로 차갑게 들려오고 있다
그것은 지하의 세계에서 올라온다
어제를 불태우다 지상에서 스러져 간 자들,
그 자들이 숨어 사는 지하의 세계에서
소리를 죽인 소리로 올라오는 진혼곡은
그러나 이제 지상을 적셔 놓지 못한다
가벼운 노래들만 지상을 지배했다
무겁지도 않으면서
무거운 척 흉내를 내는 노래가 가끔 뒤섞이지만,
그것조차 지극히 가벼운 노래들에게 항복했다
지상의 과제는 오로지 상승! 상승!
상승에 편승하지 않는 것들은 모두 도태된다

진혼곡은 이제 지하세계의 유행가일 뿐이다

무덤을 도굴하고 싶다

얼룩 하나 없이 하늘이 맑아서,
이런 날은 문득 무덤을 도굴하고 싶어진다
무덤 속에 잠든 귀신을 깨워
눅신한 몸을 햇빛에 쬐게 하고 싶다
그 몸이 한순간 소멸해버리면
빈 무덤에 내가 들어가 눕고 싶다
무덤 하나 없이 견디는 生이 얼마나 건조한가
내 속에서 날마다 범람을 꿈꾸는 것이
죽음이 아니라고
말할 자신이 내게는 있는가

봄비는 소리 없이 봄비는 저 햇빛들이
시신을 갉아먹는 구더기 같을 때

야행(夜行)

떨고 있는 나무들에게 옷 한 벌씩을 입혀주고 싶은 밤. 기억의 줄기를 팽팽하게 당겨 주렁주렁 열린 추억의 열매 따먹는다. 열매 싱거우면 다디단 달빛에 찍어 먹는다. 나는 밤이 되면 눈망울이 초롱초롱해지는 짐승, 불 켜진 창들을 기웃거리고 싶은 갈증에 시달린다. 대체 저들은 안 주무시고 뭘 하시나? 지나치게 궁금해서 어떨 땐 왕소금 같은 소름이 돋는다. 도둑이 아니므로 남의 창을 함부로 기웃거릴 수는 없는 법. 어슬렁어슬렁 골목을 걷다가 담 밖으로 고개 내민 나무를 만나면 나무가 되고 개를 만나면 개가 되고 달도 되도 지붕도 되고. 몰래 근처의 숲을 빠져나온 죽은 자들도 이승이 궁금한지 어슬렁어슬렁 돌아다닌다. 가끔 그들과 악수를 하고 싶다. 그들의 손은 지하의 흙냄새를 풍길까. 우리는 아무렇지 않게 서로를 통과하여 각자 갈 길을 간다. 죽은 자와의 접촉은 이승의 삶을 흐려 놓기도 하므로 나는 말을 아낀다. 무덤이 둥근 것은 지구가 둥글기 때문이라고, 지구가 둥근 것은 자궁이 둥글기 때문이라고 내게 말한 것은 죽은 자들 중의 하나였던가. 나는 둥근 잠을 자기 위하여 둥근 달 속으로 들어간다.

4부

원로회의는 젊은 몽상가인 나를 추방했다

낮에 몹시 비 내렸다 밤이 되자 하늘은 달 하나를 방출했다
심줄이 다 보일 만큼 환한 둥근 달,
오랫동안 팔 내리고 서 있던 나무들이 일제히 팔을 들고
우우우 달을 숭배하기 시작했다
지상의 방청석에 앉은 나는
달이 홀로 열연하는 원맨쇼를 보고 있었다
지상의 원로회의는 젊은 몽상가인 나를 추방했다
나는 지상의 그 어느 도서관도 열람할 수가 없다 자격을 잃
어버렸다
내가 갖고 있던 몇 수레의 책마저 빼앗겼다
그 책들은 금서(禁書)로 분류되어
지하창고에 갇혀버렸다
나는 지금 원맨쇼를 펼치고 있는 달을 올려다보며
감상문을 작성하고 있다 이 감상문으로 원로들의 감성에
호소해 볼 생각이다
나무들을 보라 한때는 원로들도
…저 나무들처럼 달을 숭배한 적이 있었다
…달의 젖을 짜 먹으며 청춘을 보낸 적이 있었다
…그들도 나처럼 젊었을 땐 모두 몽상가였다

화장을 한 달

어둠의 일부가 된
새들이 제 집으로 사라지는 것을
물끄러미 바라본다
화장을 한 달이 떠오른다
그녀는 영원히 늙지 않는 매춘부다
무수한 가객들이 그녀와 동침하려고
그녀를 위한 노래를 지어 불렀다
한때 나도 그러했다
새들은 야유하듯
달을 쪼아 놓고 흩어진다
화장을 지우면
추악한 달의 주름살을
보게 될까
나는 달을 해석하지 않고
다만 달의 내장을 훑고 싶다
내 속의 달─, 심장을 꺼내 불을 지피고 싶다

날개가 퍼렇게 질린 나비가

봄비 오는 한낮, 날개가 퍼렇게 질린
나비가 기우뚱 날고 있다
비가 와도 봄의 살 냄새는 달고 단데 나비는
쓴맛을 삼켰는지 도무지
편안하게 날지 못한다 저 연약한
봄비도 나비에겐 화살촉 같은가,
쓰라림을 안고 나비가 날고 있다
그 날개 위에 내 쓰라림
일부라도 얹으면
몇 번 퍼덕거리다
그대로 땅바닥에 주저앉을 것같이

여기저기 조그맣게 생긴 물웅덩이, 땅의 고름덩어리
그 위를 나비는 날고 있다
내 발 잘못 디디면
겨우 신발만 흙물 들고 말 테지만 나비는
추락하면 익사가 된다 그러니
아무리 조그만 물웅덩이라도 나비는
조심스럽게 건너간다 쯧쯧, 처절하다

좀 가볍게 지나갈 수 있도록
처절함의 절반만이라도 덜어주고 싶다

잠시 쉬어갈 수 있게
내 몸의 기슭이라도 비워줄까

놋그릇

몸을 비춰주는 것이 모두 거울은 아니지만 몸을 비춰주면서도 제 속까지를 다 비추는 물은 더없이 아름다운 거울이다. 유년시절, 물가에 앉아 놋그릇을 닦으시던 어머니의 손은 온통 황토 범벅이 돼 있었다. 나는 종종 어머니의 곁에서 내 몫으로 남겨진 조그만 놋그릇을 닦곤 했다. 벗겨진 녹이 차츰 풀려 물은 청동거울 같았다. 짚수세미에 황토를 묻혀 천천히 놋그릇을 닦는 일, 세상살이도 그렇게 녹을 벗겨내듯 하라던 어머니의 말씀을 듣고 나는 돌멩이를 주워 물 위에 던졌다. 물살이 튀어오를 때마다 햇살이 함께 튀었다. 그 햇살만큼 구김살 없이 살았다고 간단하게 말하지 못할 만큼 내가 걸어온 길은 구불구불한 산길에 가까웠지만, 나의 내면이 퍼렇게 녹슬 때마다 나는 아무 물가에나 앉아 놋그릇을 닦던 시절로 돌아가 물에 비친 내 모습을 내려다보았다. 혹시 나는 자신을 비춰줄 거울을 찾아 헤매지는 않았는지? 내게 드리워진 녹을 말끔히 닦아내고 타인을 비춰줄 하나의 조그만 거울이 되어도 좋을 텐데…

우는 꽃을 따먹었다

꽃의 그늘 아래서
나, 흥건하게 젖었다
꽃향기에 취해
꽃그늘 속으로 들어왔는데
꽃이 그만 흥건한 울음을 터뜨렸다
마치 내가 세계의
거대한 그늘 속에서 울었듯이!

우는 꽃을 따먹었다
꽃은 내 속에 들어와서도 울었다
울음이 터질 때
나는 누구 속으로 들어가
울 수가 있을까
대체 그 누가 제 가슴속을
비워주기나 할까

울음을 그치지 않는 꽃을
다 따먹고
나는 그늘 아래 누워 있었다

꽃나무는 앙상한 뼈를 드러내고 있었다
내 속의 꽃들은 울음을 그치지 않았다
그 꽃들을, 내가 제대로 소화시킬 수 있을까

비

비가 내린다
하늘의 한 끝에서
함께 출발한 빗방울들은
동시에 땅으로 닿지 않는다 그저
제 보폭으로 걸어 내려올 뿐이다 일찍
도착한 빗방울들은 땅바닥에 주저앉아 쉰다
다 내려와 함께 뭉쳐 냇물을 이룰 때까지 냇물을
이룬 후 강을 이루고 강이 되어 멈춰 있다 큰 뜻 품은
놈이 바다로 향할 때 뒤에서 물살로 세계의 등을 떠민다

너무 긴 기도

내 몸속의 무수한 무덤을
지루한 사막에 묻어 주세요
내가 걸었던 모든 길들을
순식간에 지워 주세요
내가 보듬을 한 방울의 눈물조차
메마르게 해 주세요
또한 내 몸속의 시계를 꺼 주세요
춤추는 화약고 속으로
영혼이 제거된 내 육신을 던져 주세요
광인들이 나부끼듯 몰려와
내 육신에 붙은
불을 쬐게 해 주세요

낙타 2

　목마름을 참은 만큼 낙타의 혹은 더 불룩하게 솟는다. 스스로를 가혹하게 다스린 낙타만이 사막을 덤으로 얻어 횡단할 수 있는 법. 사막에서 군락을 이루고 있는 선인장들이 제 속의 어둠을 가시로 밀어내고 견디는 것처럼 낙타는 제 등의 혹으로 인해 견디는 짐승이다. 그의 유순함은 견딤의 과정에서 얻은 상처이다. 사막에서 오아시스를 찾는 자는 들어라. 낙타의 두 눈이 오아시스로 출렁거리고 있다. 빠른 속도에 대한 극도의 경멸 끝에 낙타는 쉬엄쉬엄 걷고도 위엄을 터득했다. 사막에 뒹구는 고행자의 인골들, 그들의 죽음은 목마름에 대한 참지 못할 조급증과 스스로를 가혹하게 다스리지 않아 비롯된 것. 사막을 건너가려면 자신을 버리고 한 마리 낙타가 되어 터벅터벅 걸어야 한다. 등에 혹이 불룩하게 솟을 때까지 걸어야 한다. 낙타가 된다는 것은 자신의 고통에 정직해지는 것이다.

무덤을 판다

숲 속에서 무덤을 판다 내 몸 아직 호흡 중인데 무덤을 판다 내 곁에서 너도 무덤을 판다 우리는 말없이 서로의 무덤을 판다 새들은 하늘에 제 무덤을 판다 먹구름은 산꼭대기에 제 무덤을 판다 꽃은 제 그늘 속에 무덤을 판다 숲 속에서 나는 나의 무덤을 내려다본다 너는 너의 무덤을 내려다본다 우리는 말없이 각자의 무덤을 내려다보며 땀을 소매로 훔쳐낸다 새들은 제 무덤 속에 울음소리를 묻는다 꽃은 제 무덤 속에 향기를 묻는다 먹구름은 제 무덤 속에 싸늘하게 식은 비를 묻는다 너는 너의 무덤만 내려다볼 뿐 나는 나의 무덤만 내려다볼 뿐, 아직 몸이 호흡 중이므로 몸은 묻지 못하고 각자의 시름 한 덩어리만 묻는다

이런 밤은

1
밤이 강바닥같이 고요해서
이런 밤은 익사하거나 스스로를 수장(水葬)한 자들이
제 유골을 들고 물 밖으로 나와
달빛에 말리고 있을 것 같다

2
내 속에는
울창한 숲이 없어 새 한 마리 들지 않으니
이런 밤은 울창한 숲의 생을 살다간 자의 자서전을 읽거나
고요한 헛바닥으로 세상의 등을 핥고 있는 달빛을
무심히 쳐다보는 것이 제격이다

3
제 속의 우물이 말라버려
울음으로 우물을 채우느라 눈 퉁퉁 부은 자가 있어
이런 밤은 세상의 모든 우물들
옆구리가 결린다

4
이런 밤은
제 생이 측은하게 여겨져서
달빛에 목을 감거나 제 속의 우물에 풍덩 뛰어들어
스스로를 수장하는 자가 있을 것 같다

5
불감증(不感症)에 안 걸린 나는
불감증에 걸린 세상이 낳은 사생아인
이런 밤을 다루기가
몹시 고달프다

이 어둠, 이 밤

상점들이 문을 닫는다. 불빛에 밀려났던 어둠들 구토처럼 왈칵 몰려든다. 뼈마디 쑤시는 길이 발자국들을 털어낸다. 길에게 발자국은 징그러운 벌레였는지 모른다. 나무들은 신발을 찾아 떠돈다. 신발 없이 다가올 겨울을 버텨낼 수 없는 법. 오랜 하혈로 빈혈을 일으키는 눈썹이 흰 달. 수컷을 받아들이는 창녀처럼 경련을 일으키는 창문들. 지하도의 깊은 자궁에 낙타의 등을 가진 사내가 떨고 있다. 제가 파놓은 등의 우물은 물 한 모금 없이 말라 있고 약간 벌어진 그의 입에선 모래가 흘러나오고 있다. 사내는 사막으로 갈 여비를 마련하려고 경배하는 자세로 바닥에 엎드려 있다. 사내 앞을 지나가는 자들은 시선을 흉기같이 긋고 사라진다. 마치 사내는 수렁 속에 잠겨 있는 듯 움직임을 잃었다. 익숙한 풍경이다. 이 풍경을 떠메고 날아갈 새는 날아오지 않는다. 엎질러져 식어버린 커피의 얼룩 같은 이 어둠, 이 밤. 뿌리 잃는 자들의 얕은 잠을 들쑤시는 이 어둠, 이 밤.

죽음의 숲

달빛이 곤두박질치는 곳에 이르면 숲이 하나 있지요
그 숲에는 오래전에 추락한 달들이
썩어버렸거나 썩고 있지요
구더기가 달의 살을 다 파먹고 산처럼 우글거리지요
그 숲에 사는 나무들은 음울한 잎을 달고 있는데
키가 잘 자라지 않지요 뿌리들은
함부로 땅 밖으로 나와 말라비틀어졌고
새들은 나무에 집을 짓지 않지요
거대한 바위가 물이끼에 사로잡혀 먹히고 있지요
물론 그 숲에도 계절은 순환하고
낮과 밤도 군소리 없이 찾아들지요
그러나 그 숲엔 태양이 살지 않아요
온통 달뿐이죠
그것도 썩어버린 달 구린내 나는 달
살찐 구더기가 점령한 달들이죠
그 숲이 어쩌다 그 지경이 되었는지는
아무도 모르지요 그 숲에는
산 자는 들어오지 않고
죽은 자들만 들어와 서성거리지요

죽은 자들은 문드러진 달을 항아리처럼 옆구리에 끼고
구더기들을 주워 담지요
구더기들로 된장을 담그지요
죽은 자는 그 된장을 먹고 견디지요
그 숲에는 새들도 죽은 새들만 날아들지요

낙타는 발자국을 남기지 않는다

　불볕 사막에서 낙타를 끌어내자 사막이 차가워졌다 사막 밖으로 끌려 나온 낙타의 입에서 소금이 쏟아져 나왔다 사막 위의 선인장들이 한순간 시들었다 태양의 동공은 갑자기 검어졌다 생이 늘 휩쓸리던 모래알들은 서로의 탯줄을 잡아당기며 꿈쩍하지 않았다 불볕 사막에서 낙타를 끌어낸 나는,

　낙타를 끌어낸 길을 거슬러 사막으로 들어갔다 펄펄 신열 끓는 몸뚱이를 이끌고 사막으로 갔다 술 한 잔도 마시지 않고 맨정신으로 사막으로 갔다 피멍 같은 생각들을 머릿속의 거품에서 걷어내고 식은 사막으로 갔다 열매 하나 없는 사막으로 갔다 그렇게 나는,

　낙타가 되었다 낙타가 되었으나 사막에서 태어나지 않은 나는 모든 길을 잃어버렸다 한편 사막 밖으로 끌려 나온 낙타는 발자국을 남기지 않는다 사막 밖에서는 절대로!

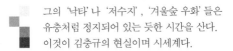

그의 '낙타' 나 '저수지' , '겨울숲 우화' 들은
유충처럼 정지되어 있는 듯한 시간을 산다.
이것이 김충규의 현실이며 시세계다.